À PETITS PETONS

Sous la direction littéraire de
Céline Murcier

LES DEUX OURSONS

Une histoire contée par
Jean-Louis Le Craver
Illustrée par
Martine Bourre

Didier Jeunesse

Il était une fois une ourse brune qui vivait dans la forêt
avec ses deux oursons :
Roussot et Brunet.

Et voilà qu'un jour,
Roussot lui a dit :

– Hé ! Maman, maintenant qu'on est grands,
mon frère et moi, on voudrait partir.

– *Eh bien, je vous donne ma permission.*
Mais d'abord, attendez un peu...

L'ourse brune a préparé deux petits baluchons,
elle en a donné un à chaque ourson, puis elle a dit :

– *Emportez toujours ça, et bon voyage !*

Là-dessus, elle a serré dans ses grands bras les deux oursons,
et les voilà partis.

Roussot et Brunet ont marché jusqu'au bout de la forêt,
là où commencent les prairies vertes.

Ils se sont assis et ils ont ouvert leurs baluchons.
Dans chaque baluchon, l'ourse brune avait mis
une botte de racines, une belle tranche de saumon
et un pot de miel.

Hum ! que c'était bon !
Gloutons comme ils sont, Roussot et Brunet ont tout mangé.
Tout !

Après ça, ils ont pris le grand chemin à travers les prairies
et ils ont marché.

Oui, mais le lendemain, ils ont commencé à avoir faim,
de plus en plus faim et puis très, très faim.

C'est alors qu'au milieu du chemin,
ils ont trouvé un fromage.

– Oh ! le beau fromage ! a dit Roussot,
quelle chance ! nous allons le partager.

– Le partager comment ? a dit Brunet.

– Eh bien, je vais en faire deux parts,
deux beaux morceaux...

– *Oui, mais tu n'as pas de couteau :*
tu ne pourras pas faire deux morceaux pareils.

– C'est pas grave, a dit Roussot,
s'il y a un morceau un peu plus gros que l'autre,
il sera pour moi.

– *Ah ! non, a dit Brunet, ça, c'est pas juste !*

– Mais si c'est juste,
puisque je suis le plus grand.

– *Tu es le plus grand,*
mais moi, j'ai plus d'appétit.
C'est maman qui l'a dit.

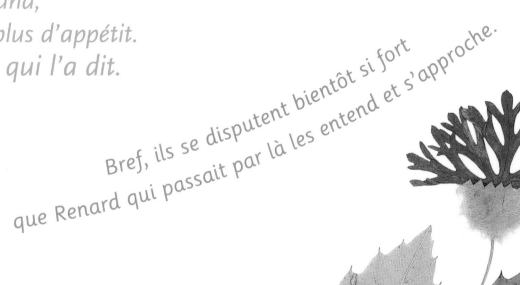

Bref, ils se disputent bientôt si fort
que Renard qui passait par là les entend et s'approche.

– Dites donc, les oursons, qu'est-ce qui vous arrive ? Pourquoi criez-vous comme ça ?

– On veut partager ce fromage, dit Roussot.

– Et en avoir autant chacun, dit Brunet.

– Vous avez tout à fait raison, mais pourquoi vous disputer ?
Donnez-moi ce fromage et je vous en ferai deux parts égales.

– Tu es bien gentil, dit Roussot, *mais fais vite, Renard, parce qu'on a très, très faim.*

Renard casse en deux le fromage, mais comme il s'y est pris,
les parts ne sont pas égales.

– Ce morceau-là est plus gros, dit Brunet.

– Oui, c'est vrai, dit Renard,
je vais arranger ça.

Il mord dans la plus grosse part,
mais il en prend une telle bouchée que la grosse part devient la plus petite.

– Tu as trop mordu, dit Roussot,
nous voulons deux morceaux pareils !

– Attendez un peu, dit Renard, je n'ai pas fini.

Il prend la deuxième part devenue la plus grosse,
il mord dedans…

et la voilà plus petite que l'autre.

– C'est raté, dit Brunet, *tu t'y prends mal !*

– Je fais pour le mieux, dit Renard, si vous croyez que c'est facile...

Et crac !
il remord dans la plus grosse part qui devient la plus petite.

– *Oh ! non*, dit Roussot, *tu le fais exprès, ma parole !*

– Pas du tout, dit Renard, laissez-moi faire...

Il continue donc d'enlever, à chaque fois, une bouchée de la plus grosse part…

Et voilà qu'il reste enfin deux morceaux pareils !

Deux morceaux de fromage pas plus gros que deux pois chiches,
mais tout à fait pareils !

– Et voilà ! dit Renard, vous en avez autant l'un que l'autre !
Bon appétit, les oursons !

Dès qu'il a dit ça, il s'en va.

Les oursons, tout penauds, ont avalé chacun son morceau.

– C'est pas assez, a dit Brunet,
  maintenant, j'ai plus faim qu'avant

– Moi aussi, a dit Roussot,
  Renard nous a bien trompés !

– ... Sans lui, on aurait tout mangé
à nous deux, a dit Brunet.

– Le prochain coup, a dit Roussot,
il nous aura pas !

Voilà donc les oursons
bien avertis,
et mon p'tit conte, il est fini.